KB151025

하루를 삼키다

정우석 시집

45

시와정신시인선

하루를 삼키다

시와정신사

■

시인의 말

첫 시집을 출간한 지도
어느덧 4년이 지났습니다

그동안 이곳 저곳에서
경험해 온 시간들

줍고 또 주워 담으며
차곡차곡 모았습니다

이제 비로소 성 하나
새로이 쌓아 올립니다

2023년 여름

정우석

차 례

___ 제1부

___ 제2부

___ 제3부

제1부

계절

연분홍 진달래가
아래로 점, 점
소리 없이 가라앉고 있어

기다리고 또 기다리던
뻐꾸기 울음이
바람에 똑, 똑 부러지고 있어

오늘의 나무가
어제의 나무보다 시무룩한 건
어째서일까

뼈마디 앙상한 손바닥 위에
진득한 시간이 달라붙어 있어

카페, 3시 반

두 손으로 턱을 괸 채
커피 한 잔에
한낮을 지우고

자리 비운 친구 기다리며
사소한 잡담에도
괜히 귀 기울여 보네

바람결에 흘려보낸
작은 이야기들
수프처럼 휘저어지는 시간

알아듣지 못할 언어 되어
온 땅에 퍼져나가네

잔을 기울이면
호수에 풍덩 빠져든
태양 한 모금

열린 창문 너머
머리 시원하게 쓸어 올리는
바람, 바람, 바람

오후 네 시

어디서 왔을까, 길고양이 한 마리

버리려 내놓은 소파 위

세상을 다 가진 듯 누워 있네

살며시 다가서자

눈 동그랗게 뜨고

까만 몸 일으켜 세워

흰 이를 드러내네

버려지면 그뿐인데

네겐 편안한 보금자리였구나

너는 어느새 멀찌감치 달아나고

남아 있는 나만 멀뚱히 서 있는

마른 번개

이번 주에 모일 수 있는 사람?

사촌이 얼마 뒤 외국에 가야 한대
그전에 모여 식사나 같이 하자

오랜만에 받은 문자에도
선뜻 그러자고 답하지 못하네

백신을 오늘 맞아서 힘들어
나는 다음 주에 맞아야 돼

그러면 나중에라도 한 번 모이자
기약 없는 다음을 예고하며
쓴웃음으로 사라진 번개

마스크 없이 다녀본 적 없는 외출
지난 설은 이미 집에 틀어박혔고
곧 다가올 추석도 엄두가 나지 않는데

창밖 하늘에
마른 번개가 치고 있네

대전천

이런저런 일에 사로잡혀
솥뚜껑 뒤집어쓴 듯 답답할 때
외투를 챙겨 밖으로 나선다

차를 타고 지날 때엔 몰랐던,
끊이지 않는 길의 속삭임

풀밭에 핀 꽃송이들과 마주치며
강아지 데리고 산책 나온 아주머니
지팡이 딛으며 지나치는 어르신
가볍게 눈인사한다

쉴 새 없이 내딛던 발 달래려
아무도 없는 벤치에 앉아 사색에 젖는다
풀 위 날아다니는 손톱만 한 흰나비
나도 모르게 시선 빼앗긴다

바람 소리에 이끌려 고개 들면
냇가 너머로 보이는 아파트 건물들

그 밑으로 지나치는 형형색색의 차들

자길 잊지 말라는 듯 물소리
그 사이로 은근히 끼어드는데

벌써 몇 개나 되는 다리 지나쳤을까
굵직한 가지로 뻗어나온 나무 한 그루
반갑다며 빈 가지 휘휘 흔든다

새의 노래 가만히 듣다 보면
바람이 쓰다듬고 간 물이
동심원 그리며 파르르 떤다

흰 구름 지나는 하늘 아래
모르는 길 아는 길로 덧칠해가며
내 마음속 작은 지도 슬며시 넓혀 간다

소나기

폭우 온 거리 휩쓸어 강줄기 옆 그 길 흔적도 없이 사라
져 버렸다 쉴 틈 없이 쏟아지던 비 몹시 배가 고팠던지 기
어코 다리 하나 삼켜 버렸다 반듯한 바닥 있던 그 자리 탁
한 빛 가득한 둥그런 웅덩이 남았다

구름 완전히 걷힌 오후 마른 바닥에 어떻게 알고 왔는지
비둘기 떼 능청스레 모여든다 아무 일도 없었던 듯 누군가
게우고 간 기억 사정없이 쪼아댄다 비둘기의 까만 눈 속에
그날 하루 통째로 젖어 있다

목척교

생각에 잠길 때마다
언덕 하나 새로 쌓는
머언 먼 기억들

엷은 커피 향 스민 길에
물결처럼 퍼지는 음악 소리
가만히 귀 기울이면

반쯤 열린 창 너머
낯선 거리에
빛을 뿌려대는 간판

하지 못한 말 많아
남은 불 끄지 못하고
창문 서성이는 실루엣

부드러운 어둠
곱게 두른 포대기처럼
길 잃은 별 감싸안네

신세계

"이번 정류장은 개나리아파트입니다"

귓가에 스며드는 안내 방송

처음 들어본 지명, 여긴 어디지

버스 노선 놀란 가슴으로 읽어내린다

도로 위 가로질러 신나게 질주하는 버스

얼빠진 표정을 한 나를 이물질처럼 토해낸다

아까 이쯤에서 직진했었지,

저건 무슨 건물이지? 처음 보는데

이제 어디로 가야 하나

발걸음 점점 갈피를 잡지 못하고

반기는 기색 없는 활기찬, 낯선 풍경들

쿵쾅거리는 심장 부여잡고

불에 덴 듯 걸음 옮긴다

빈자리

얼기설기 모양만 갖춘 곳
이따금 고개 내밀곤 하던
누런 개 한 마리
바람 쐴 겸 밖으로 나올 때
절로 시선 가던 그 녀석
언제부턴지 보이지 않네
어디 간다는 표시나
한 마디 전언도 없이
작은 구멍만 남아 있네
벌써 한참 동안이나
흔적만 남겨둔 채
제 기척을 지운 지 오래
다시 돌아오기나 하는 건지
아니면 영영 떠나버렸는지
감감무소식인 그 녀석
지금 넌 어디에 있니
허공에 수십 번 물음표 던져도
대답 돌아오지 않는데
없던 기억이 아니라는 듯
덩그러니 남아 있는 그,

그늘

장대비처럼 찔러대는 햇살
정면으로 받아치지 못한 채
귀 먹은 척 고개 돌린다

아기 감싼 포대기처럼
편안한 어둠에 몸을 가두어
뒹굴며 천천히 어두워져 간다

이제 그만 나오라는 고함 소리
흐르는 강물에 뿌려 두고
차오르는 슬픔 남 일인 양 지켜보면

채근하듯 등 두드리던 바람은
미동도 하지 않는 나를
참다못해 빈 허공으로 뛰쳐나간다

여우비

길가 서 있는
낡은 리어카 위

횡단보도 건너던
어린아이 머리 위

종일 거리 누비던
길고양이 등허리

슬며시 어루만지는
시원한 손

반어反語

싸구려 사탕 하나
입에 물고 다니던
꼬맹이 어린 시절
친구와 잡담하며 걷곤 하던
알싸한 흙내 물씬 풍기는
이름 없는 골목
학업 마친 뒤
버스 기차 몸 싣고
온갖 곳 다녀 보아도
한 걸음 두 걸음
비지땀 흘리며 걷던 그 길만큼
멀지 않다는 걸

문의 언어

멍하니 앉아 있는데

열린 문틈으로

갓 들어온 바람

문을 향해 신호 보낸다

넋 놓고 있을 때 한 번

삐그덕

잊을 만하면 다시 한 번

삐그덕 삐그덕

문은 수시로 한마디 한다

지금 뭐 하느냐고

정신 좀 차리라고

뺨 맞은 듯 얼얼한 감각

부리나케 신경 곤두세워

문의 질책에 귀 기울인다

낮달

해 대신 자리 맡아주러 나왔는지
하늘 한편에 몰래 박힌 너

별 친구들 오지도 않았는데
이른 시간에 혼자 나와 있네

약속시간 잊은 양 당황해하며
두리번거리는 네 모습

시원한 바람 나무를 휘감고 갈 때
호수는 능청스레 너를 껴안네

___ 제2부

공원

사과나무 아래
새 한 마리

네가 없는 곳으로
자꾸만 계단을 쌓아올리고

담장에 줄지어 핀 나팔꽃
가만히 바라보다 그만,

나오려던 말
목구멍을 통과하지 못하네

거울 속에서 2

더 올라가면
아마도 보이겠지만

왜일까,
알 수가 없어

한 발 또 한 발
올라간 만큼,

한 발 또 한 발
내려오고 마는 걸

깨금발로 올려다보아도
텅 빈 허공 뿐

아무 일도 없었다는 듯
지나치는 하루

어제의 다음은 늘 어제가 되고

한 발 또 한 발

그날
- 세월호

아파트 나서며 비가 올 거라는 예보를 들었다 작은 우산
챙겨 갔다 하릴없이 모여든 구름떼는 비 한 방울 떨구지 못
했다 온 하늘 다 점령하고도 끝내 시원하게 울부짖지 못한
구름들 갈 곳 잃고 이러지도 저러지도 못한 채 쭈뼛거린다

바람이 손등을 툭툭 건드린다 나더러 대신 울어 달라는
걸까 민망한 듯 비켜난 구름의 눈치 보며 뒤에 있던 해가
줄줄 새어나온다 휴대폰 화면에 찍힌 전화번호는 날씨처럼
낯설다 미지근한 오후가 슬몃슬몃 고개 내민다

사이

접시 위 사과
속살 드러낸 채 누워 있네

창으로 들이친 햇살
가만히 다가와 어루만지네

세상 고루 건드리며
달달함 벗어 던지고

아삭한 미소 내려놓은 채
타인처럼 낯설어지네

허기진 시간 달라붙어
진득하게 핥고 있네

벽

퍼즐 맞추다 보니 조각 하나 들어갈 구멍

저기 들어갈 슬픔은 어떤 걸까

이것, 아니면 저것? 한참을 바꿔 넣어도

빈자리 바닥 여간해서 채워지지 않는다

수북이 쌓인 분노들, 그것도 못 채워 넣느냐는 듯

손 바삐 오갈 때마다 저들끼리 부스럭부스럭 낄낄거린다

모든 아픔 남김없이 채워 넣었는데

끝끝내 그늘로 남은 그 자리

떠나간 뒷모습처럼 싸늘하게 비어 있다

한낮 1

고개 드니
하늘 뒤덮은 거뭇한 구름

목덜미에 물방울 하나 톡,
스치듯 지나는 찰나

참, 비가 오려나
오늘 비 온단 말 없었는데

다시 하늘 보니
아까 보았던 그 구름

혹시 네가 한 짓이니
지그시 노려보자

구름은 무안한지
고개 돌려 딴청 부리네

장미

집 앞 수없이 지나쳤다
눈길 한 번 준 적 없었다
생기 잃고 쪼그라들어 버렸다

꽃 피워 기다리고
기다리다 떠나고 만 그녀

바라봐 달라는 바람 하나
저리 활짝 핀 줄 모르고
말라비틀어지는 순간까지
나는 뒤통수로만 기억되었을 거다

힘껏 고개 쳐들어도
도무지 눈 맞추지 않아
고개 돌려 지나쳐 가는
뒷모습만 봤을 거다

오늘 아침,

빛 잃은 널 힐끗 보고

문득, 미안해졌다

여름

별 하나 남김없이 자리 비운 밤

찌이익 찌익 소리 저 하늘 두드리네

만물 고요한 이 시간에만 서럽겠는가

아무리 울어도 발견할 이 없는

이런 때라도 맘껏 울어야겠지

쏟아지는 저 언어들 읽어낼 수 있다면

가슴 깊숙이 쌓아 둔 슬픔 그러모아

한데 어울려 맘껏 울어줄 텐데

오늘도 어김없이 찾아온 설움

살짝 열린 창문 틈 비집고

쉴 새 없이 방안 기웃거리네

어둠벽

정교하게 쌓아 올린 어둠벽

바람이 건물 헤집고 다니네
별 하나 남김없이 자리를 뜨자
빈자리에 그리움 빼곡이 박혀 있네

인적 없는 밤거리
한 걸음 한 걸음 내딛어 보지만

다가가도 소용없다는 듯
좀처럼 거리 좁아지지 않은 채
싸늘한 공기만 거미줄처럼 달라붙네

보고 또 보아도 변하지 않는 풍경들
이제 그만 멈춰야 할까

비가 온 흔적인 양
차디찬 바닥에 물기 흥건하고

쉴 새 없이 떨어지는 기억들

흙더미 되어 뒹구네

하려던 말

그를 본다

사뿐사뿐 걸어간다
새하얀 꽃 피워내듯

한 걸음 한 걸음
앞으로 천천히

할 말 있는 듯
나를 보던 그 사람

못 본 척
야옹- 한 마디

먹구름에 쫓겨난 하늘
축축한 울음 터뜨린다

멈춰 서서
허공 바라볼 때

시야에서 사라진
그 사람

이제 알았지
내가 하려던 말

한낮 2

해가 온 힘을 다해
빛을 사방으로 쏟아냅니다

눈이 부서서일까요,
뙤약볕이 뜨거워서일까요

참새 한 마리
바닥을 쪼다 말고
해를 올려다봅니다

하얀 구름 한 자락 다가옵니다
온종일 힘들겠구나
가로수들 살포시 쓰다듬어 줍니다

단절

프린터를 빠져나온 글자들
금 간 듯 잘려 있다
잉크가 부족한 걸까
통에 대고 잉크병을 기울인다
천천히 흘러갈 줄 알았는데
벽에 가로막힌 탐험가처럼
잉크는 한참을 머뭇거린다
저 둘은 왜 밀당을 하는 걸까
입구에 대한 결벽, 아니면
안 받겠다는 완강한 거부일까
애꿎은 손가락에 들러붙은 채
내 눈치를 보고 있는데
병을 들고 흔들자
문제없다는 듯 요동치는 잉크
다시, 잉크병을 기울인다
텅 빈 고독 흥건히 젖는다

바다
- 시 쓰기

낯선 안개 헤집어

떨어지지 않는 발 옮깁니다

바람 쉴 새 없이 몰아치고

노를 저으라는 외침 소리

부서진 난간처럼 삐걱거립니다

어둠은 서로를 끌어안은 채

방전된 휴대폰처럼 침묵하는데

시야엔 무엇 하나 보이지 않고

도착 지점 아득합니다

물살이 허기진 사자처럼

선체를 사정없이 씹어댈 때

이제 그만 포기하는 게 어때

나직한 빈정거림

귓가를 스쳐옵니다

___ 제3부

설씨녀

오늘 하루 다 지나가네요 저 밝은 달 위에 그대 두고 간 표정 쌓여 있어요 그대도 어디서 저 달 마주보고 있을까요 어느 순간 당신이 돌아오지 않을까, 행여 그대 발걸음 소리 들려올까 인적 없는 풀밭 홀로 거닐어 봅니다

별도 자리 비운 밤, 이름 모를 벌레 나를 달래려 저리 우네요 단 한 번도 그대 돌아올 걸 의심한 적 없어요 하늘과 땅 사이 그대도 여전히 숨 쉬고 있겠지요 그 마음 끝까지 간직하면 저 언덕 너머 예전과 꼭 같은 모습으로 돌아오겠지요

끝이 보이지 않는 강, 그리움이라는 이름으로 배 한 척 띄워 보냅니다 저 멀리 노 저어 오는 이 보이면 비로소 그대 돌아온 줄 알겠습니다 겹겹이 쌓인 그리움 위에 꽃잎 한 장 띄우겠습니다

일용직

이른 아침 슈퍼에 온 아주머니 냉장고 뒤쪽을 뒤적거린
다 눈에 잘 띄는 자리에 있지만 그녀의 눈에는 관심 밖이다
오후에 찾아온 사내, 안쪽에서 하나 집어 잠깐 살펴보더니
성큼 계산대로 향한다 선택받은 그게 있던 자리, 비워진 간
격만큼 다른 게 앞으로 옮겨왔을 뿐 여전히 그 자리에 있다

부대를 이끌며 맨 앞자리 꿰찼지만 카운트다운 기다리듯
수치로 찍힌 짧은 생명줄 이제 마지막으로 주어진 하루, 이
밤 지나고 곧 버려질 상품 틈에 아무렇게나 내팽개쳐지겠지
그전에 누가 찾아와 집어가지 않을까 다음 사람, 그 다음 사
람…… 그는 냉장고 안에 틀어박힌 채 버티고 또 버틴다

스포츠 센터

푸른빛 간판 슬며시 가린
노란 현수막

주인 이름 적힌 상호 지운
단호한 두 글자
'임대'

이웃에게 물으니
모른다며 고개 젓는다
땡볕에 왼종일 시달려 온
저 현수막은 알고 있겠지

지금껏 눈여겨본 적 없던
이웃들
뒤편으로 사라진 이름

쓰러져 있다

오토바이 한 대
뻘쭘히 서 있다

뒷자리에 상자 켜켜이 달고
골목 이곳저곳 누비며
새벽별 무던히도 구경했으리

몇 분 안에 배달하시오
거역할 수 없는 지령이
그를 조이듯 거리로 내몰고

오토바이는 평소와 같이
주어진 할당량 채우려
공격을 감행했을 거다

주인은 어디 갔는지
어김없이 서 있는 오토바이

사람들은 장애물 피하듯

몇 마디 욕설로 지나쳐 가고

며칠간 보이지 않아도
누구도 관심 주지 않을
사람 한 대

가실
– 설씨녀 이야기

몸 성히 잘 다녀오라는 한 마디, 고운 두 눈 구르던 울음 아직도 내 가슴 절절히 흔드네 소중히 간직해 온 그 약속으로 다음 기약하며 견뎌 왔다네 돌아갈 때 아직 알 수 없지만 올 것은 언젠가 오게 되리니 닿을 길 없는 이 마음 그대와 마주해 전해지기를

떨리는 손 힘껏 뻗으면 어른거리던 그대 꿈인 양 사라져 버리네 그날 반드시 오리라 믿으며 떠오를 해 수천 번이라도 맞이하겠네 이제 그만 포기하라며 심술궂은 바람은 쉬지 않고 입 놀리지만, 눈 오고 비 맞는다 한들 이 마음 함부로 꺾이겠는가

허공에 그대 얼굴 새겨놓으니 그리움 첩첩이 쌓여 수천 수만 봉우리로 솟아오르네 몸은 먼 곳에 있다 해도 인연의 끝은 오지 않음을 알기에 바람 따라 천천히 걸어가겠네 바위처럼 굳센 마음 그대 곁으로 한 걸음 한 걸음 다가가겠네

계단

하늘까지 닿을 슬픔 위
무턱대고 올라가 보네

여긴 어디쯤일까
정상은 아직도 까마득한데

걸음 디디는 만큼,
멀어지는 듯한 감각

오르고 또 오르지만
네 모습 어디 있을까

까마득한 정적만 몰려올 뿐
오늘은 오지 않아

제자리는 기어코
제자리가 되고 마네

거울 속에서 1

표정 없는 집들이
골목으로 시선을 던지고 있다

검은 비닐봉지 옆구리에 끼고
낯선 사내가 휴대폰을 만지작거린다

낙엽 하나 둘 날아오르자
나무는 초췌한 어깨를 들썩거린다

날아든 새가 물고 온 어둠
엎지른 잉크처럼
사방으로 번져나갈 때

황급히 흘려보낸
한 마디 말

네 심장까지 닿을 날이
오기는 할까

발갛게 달아오른 긴장이
온 허공에 달라붙어 있다

파문波紋

없는 사람의 이야기만큼

오르내리기 쉬운 소재가 있을까

네가 있었더라면 나오지 않았을

끝 모를, 위험한 잡담들

오가는 말에 대고 맞장구를 치면서,

그 말이 맞다는 시늉으로

수차례 고개를 끄덕여본다

도무지 끝날 기미가 없는 너의 이야기

몇 번이나 내 귓가를 때려댔을까

오지도 않은 네가

말의 강에 커다란 파문 일으키며

이 입에서 저 입으로

끝없이 헤엄처 다닌다

골목길

길가에 세워둔 낡은 차 아래

능청스레 볕 쬐고 있는 은행잎

바람이 다른 바람 밀어내며

나무 한 그루 뽑을 기세로 몰아칠 때

흔들림마다 하나 또 하나

잔가지에서 떨어져 나온 나무의 잔해들

바닥에 곧장 입맞추거나

혹은 안간힘 쓰며 버티던 끝에

또 어떤 것들은 순순히 바람의 인도로

하나하나 나무의 시야를 벗어나는데

이별의 슬픔 어지간히 보이기 싫었나

해더러 잠시 자리를 피해 달라며

나뭇가지 쉴 새 없이 빈손 흔드네

오아시스

소심한 일탈일까, 별안간 튀어나온 호기심 곧장 가면 늘 지나던 길인데, 수없이 눈에 넣던 풍경 뒤로 하고 가본 적 없는 좁다란 길로 발 옮긴다 길인 줄 알지만 어디로 이어지 는지 먼발치로 가늠하던 곳, 내리쬐는 햇살 아래 주변 살피 며 천천히 걸어 본다 발 디딜 때마다 성을 세우듯 생각 쌓 아 올리며, 작은 공원 지나 하늘 찌를 듯 높은 건물 지나 막 다른 골목으로, 탁 트인 큰길로 걷고 또 걷는다 사거리 불 쑥 튀어나오고 인도로 이어진 길 능청스레 차도로 바뀌고, 발길 닿는 만큼 넓어져 간다

지나온 길 익숙한 간판 떠올려 본다 반대편으로 뻗어간 길로 발 옮겨 본다

그 이름

쪽지 한 장 남기지 않고
무슨 일로 홀쩍 떠났나요

덧없고 아련한 그리움
폭포수마냥 튀어나오는데

등 뒤로 보이던 그 얼굴
허공에 각인처럼 새겨 놓고

따라가고픈 빈 가슴
안간힘으로 붙잡아 둡니다

문득

집 나서다 눈에 들어온 못 보던 간판 하나 타지에 온 듯 낯설어진다

이름 잊은 허름한 중국집 뽑기 기계 놓인 문방구 하루가 멀다 하고 드나들던 책방

수많은 기억 풀어내던 장소들은 휴대폰 가게, 안경점, 컴퓨터 수리점 다른 이름으로 변했다

사소한 인사말 오가곤 하던 그 흔하디흔한 목소리 영영 사라져 버렸다

어느 날부터 불 꺼져 침묵 지키는 집 앞 슈퍼 또 어떤 간판을 달고 모르는 장소가 되었다

쓰레기통

말 함부로 하지 말 것
항상 친절하게 대응할 것

가슴에 박힌 지시는
두 어깨 짓누르고

걸려온 전화 받은 순간
쉼 없이 꽂히는 말의 칼날

대답하려 했을 뿐인데

튀어나오려던 말들
가슴 깊숙이 묻어둔 채
출구 없는 미로 헤맬 뿐

허공에 둥그런 원 그려넣고
그 안에 자신을 쏟아붓네

"안녕하세요? xx콜센터입니다."

___ 제4부

하루를 삼키다

햇빛을 걷는 새들이 말하네
이제 곧 저 내리쬐는 태양 아래로
홀로 건너가야 한다고

미쳐가는 시간들이
견딜 수 없이 아파올 때
깨어난 해가 두서없이 적힌 오후를
뜨겁게 읽어내곤 해

널브러진 네 얼굴이
신기루처럼 자취를 감추고
울퉁불퉁한 하늘 아래
부러진 나뭇가지 박혀 있구나

보이지 않는 곳에서
더 잘 보이는 네가 있어
나는 오늘 또 캄캄한 하루를 삼키네

노을 1

흙먼지 뒤덮인 공사장
수천 번 오가며 쌓았을
지저분한 발자국
음색 던져 버린 쇳소리
한나절 허리에 짊어진 채
고개 숙인 인부 하나
허공에 별 하나 올려두고
산을 통째로 삼킬 듯 타넘는 해
설움인 줄 모르면서
아픔인 줄 모르면서
한없이 붉게, 붉게 달아오르네
땀에 절고 먼지 묻은 그의 뒤
염탐하듯 쫓는 긴 그림자
저녁으로 향하는 발걸음 위
해가 새기고 간 슬픔 선명한데
터벅터벅 소리 남아
아무 일 없다는 듯 어둠을 여네

노을 2

눈에 들어온 건물 하나 있었네 경고하듯 문 손잡이 틀어막은 노란 테이프와 출입금지라 적힌 스티커 몇 장 얼마 전만 해도 칸칸이 채워져 있던 물건들 어느새 흔적도 없이 사라진 채 행방 묘연하네

건물 지날 때마다 들려오던 목소리 자리를 떠난 지 오래고 주인은 보이지 않는데 빛과 어둠 사이좋게 달라붙은 그곳 지날 때마다 나도 모르게 고개를 돌려 보지만 떠오른 기억들 모두 흑백사진처럼 정지해 있네

벗겨진 옷가지처럼 속엣것 다 드러내고 없는 지저분한 바닥 활기라고는 찾아볼 수 없는 텅텅 빈 건물 내부 벌겋게 달아오른 해는 누구를 확인하려는지 넌지시 고개 들이대면 차디찬 그림자만 건물 안 가득 드리워지네

끝날 줄 모르는

빨간 옷과 흰 옷이
앞서거니 뒷서거니
그라운드를 누비고 있다

중거리 슈팅 시도합니다 골망을 크게 벗어났네요
태클 깊었는데요 경기 그대로 진행됩니다
드리블 돌파하는 선수, 수비에 막히네요
근거리에서 슈팅! 골키퍼 가까스로 걷어냅니다

앞서 달려가던 흰 옷이
날아온 공을 머리로 떨구고
뒤따라온 빨간 옷이
힘껏 공을 향해 발을 뻗는데

골대는 어디로 갔는지
지친 발걸음은 어디로 향해야 하나
관중도 없고, 종료 휘슬도 울리지 않고
나는 왜 뛰고 있는 거지?

내 편 네 편 구분 없이
우리는, 사라진 골대를 향해
힘껏 공을 찬다

별들 모조리 집어삼킨 어둠
마른 다리를 한 없이 절뚝거리지만
그들의 뜀박질은 그치지 않는다
끝날 줄 모르는 세상 속으로

두절

적막한 오후가 고개를 흔든다
목소리를 잃어버린 가게들이
거리에 줄지어 늘어서 있다

먼발치에서
발을 동동 굴러 보지만
끝내 닿지 못하고 있다

어둠이 잉크처럼 번져나갈 때
황급히 흘려보낸 한 마디
네 심장까지 닿을 날 올까

속에서 끓어오른 긴장이
빨판처럼 온 하늘에 달라붙는다

멈춰 서 있는 동안
아무데나 버려두고 온 말들이
늘어진 혀로 핥으러 올지 모른다

나무 한 그루 있었네

숲의 가장 안쪽부터
깊숙이 뿌리내린 참나무

널린 어둠 날마다 씹으며
아무도 몰래 불쑥불쑥 자라나

숲을 통째로 집어삼키며
무섭게 사방으로 뻗어가네

이제 그만 좀 괴롭히라
수도 없이 소리치지만

날선 도끼로 내리쳐도
흠집 하나 나지 않네

시퍼런 칼날 번뜩여도
미동조차 하지 않네

일요일

지갑이 자리를 떴다

바지 점퍼 주머니 다 뒤져도 모습을 드러내지 않는다 가물한 기억 들추어 희부연 안개 속 헤집듯 하나하나 끄집어낸다

버스에 두고 내렸나 아냐 갖고 내린 것까지는 확실해 집에 온 다음 언제 꺼냈었지 아니 꺼낸 적이 있기는 하던가

갈피 잡지 못한 오만 가지 생각들 이리 튀고 저리 튀며 백지가 되어 버린 머릿속 신나게 휘몰아친다

일단 정신부터 차리자 날 밝자마자 카드부터 해지하고 주민등록증도 새로 만들어야지 그 다음엔 또 뭘 해야 할까 또 그 다음엔?

머리 뚫을 듯 튀어나오는 이런저런 생각들 가까스로 정리한 다음 마지막으로 딱 한 번만 찾아보자 체념하며

마침 눈에 들어온 침대 들춘다 침대와 벽 사이 비좁은 틈
새 뭔가 눈에 들어온다

나 여기 있는 줄 이제야 알았냐는 듯 그 녀석 천연덕스레
구석에 박혀 있다

노트

책장 귀퉁이에 꽂힌 파란 노트

다만 스쳐갈 풍경일 뿐인데

불현 듯 꺼내 펼쳐 보네

온갖 사소한 언어들 두서없이 빼곡해

빈틈을 잃어버린 지저분한 종잇장

세월의 흔적 그대로 쏟아 부은 탓일까

겉장은 편을 나눈 듯 반으로 갈라지고

글자들 한바탕 사투를 벌이고 갔는지

삐뚤삐뚤 알아보기 힘들게 뒤엉켜 있네

이곳저곳 찢기고 접히고 자국 남기며

넘기는 장마다 어린 필적으로 가득 찬

낙서인지 뭔지 모를 글자들 쌓인 종이

갓 태어난 노트가 품고 있었을

순백의 기억 까맣게 물들어 있네

섬

아무도 발 디딘 적 없다는 그 섬
부푼 꿈 안고 배에 오르네

출항 소리 한 귀로 흘리며
벽을 뚫을 듯 힘차게 나아가더니

갑자기 몰아친 태풍
선체는 바닷물에 자리 내어주고
방향조차 짐작할 수 없네

파도 떼 끝없이 울부짖는데
안간힘 쓰다 못해
성냥개비처럼 꺾이려 하는 배

거센 해류 타고 들이닥친 슬픔
크고 긴 혀 날름거리네

끝도 없이 늘어진 망망대해
희미하게 어른거리는 형체 보였지만

눈 비비고 다시 보니
손 맞잡은 절망이 버티고 있을 뿐

이름도 없는 그 섬
너에 대한 갈망 수북이 남겨둔 채
갈 곳 잃은 숨결 허공에 떠도네

새벽

커튼 들추면
불 켜진 몇몇 집들

몽롱한 어스름이 이끌고 온
나지막이 흐르는 고요

흐릿한 창에 귀를 대 보면
찬바람 소리 어른거리고

다시 누워 눈을 감아 보지만
쌓인 잠은 다 어디로 달아났을까

적막을 뚫고 빠져나가는
이웃집 트럭 한 대

얼빠진 나를 채근하듯
귓전 툭툭 때린다

대화 금지

오가는 길 한구석
조그만 통 하나

그 안에 꾹꾹 들어찬
사전처럼 두툼한 어둠

지나던 발 멈추어
꺼내든 동전

짤그랑

쌓고 또 쌓아도
좀체 차오르지 않는

우울 한 무더기

병아리 발자국 찍힌 밤

저녁 종소리 뛰쳐나와 눈밭을 뒹군다

바람은 느티나무 어린 살갗 휘어감는다

별 없는 밤 쓸어담는 빗질 소리 그치고

뻗은 길로 정적이 왈칵, 쏟아져 내린다

해피 할로윈

광란의 밤이었어야 할 그 거리
그치지 않는 사이렌 소리로 번져가네
하룻밤 추억으로 그곳 찾은 이들의
저 두서없고 일그러진 대열들

밤이 제 역할 다 했다는 듯 빠져나간 자리엔
순식간에 누군가의 고함과 비명 뒤덮이고
거리 곳곳에 핀 불빛들 태양 아래 숨을 거두네
모여든 골목이 까마득한 어둠의 손짓일 줄
일찌감치 알아차린 이 있었을까

아아, 누가 알았을까
죽음이 이렇게 가까이 있음을
스스로 그 어긋난 울분의 일부가 될 줄
수많은 비명 닥치는 대로 삼켜 가며
모여든 이들 사이로 퍼져나가는 혼비백산

몸을 불리던 어둠은 어느새 자취를 감추었지만
휘황찬란한 밤의 여운 아직도 그치지 않네

하늘 뚫을 듯 울려 퍼지는 외침마저

삽시간에 집어삼킨 마지막 어둠이었네

＊ 2022년 10월 29일 밤 이태원 할로윈 축제에서 발생한 압사 사건을 토대로 쓴 시.

서정 원리와 가속의
문법에 대한 저항

김홍진

서정 원리와 가속의 문법에 대한 저항

김 홍 진

1. 고백 어법과 서정 원리의 구현

서정시는 시적 주체의 자기표현 성격이 강한 양식이다. 이러한 특성은 전통적으로 서사 양식과 구분되는 서정 양식의 기본적 특징을 이룬다. 말하자면 서사 양식은 주체의 정신적인 내용을 외부 현실의 형상화 과정을 통해 드러낸다. 그렇기 때문에 서사 양식에서 정신적 내용은 객관화된 표현 대상을 통해 구현되며 표현 주체는 대상으로부터 거리를 둔다. 반면 서정 양식에서 표현 주체는 대상과 거리를 두지 않고 밀접해 있다. 대상과의 거리를 지우고 주객의 합일, 내면화, 동일화, 즉 세계를 자아화한다. 서정시에서는 외부 현실의 총체나 어떤 사건이 객관적으로 제시되기보다는 주체의 직관적 통찰을 통해 포착 전달한다.

E. 슈타이거의 논리에 따른다면 서정과 서사는 주객이 상이한 관계를 이룬다. 서정이 주객합일의 관계라면 서사는 주객상면의 관계이다. 서정 양식이 과거의 사건을 현재의 감정으로 회감하는 작용이라면 서사는 과거 사건을 재인식하는 표상 작용이다. 요컨대 서정이 세계의 자아화라면 서사는 자아의 세계화이다. 서정 양식이 갖는 세계의 자아화 혹은 동일화는 시의 핵심적 내용이 자기 인식이나 세계와의 동일성을 추구하는 데 있음을 환기한다. 흔히들 시의 본질적 특성으로 거론하는 무시간성이나 주객의 통합은 이러한 조건으로부터 발생한다. 자기 인식의 내용이나 세계의 자아화는 시적 주체의 내면세계에 존재하므로 무시간적이며 객관적 대상의 내면화이다. 그런 까닭에 기본적으로 주객합일의 동일성을 지향한다.

장황하게 서정 양식의 특성을 거론한 것은 정우석의 시가 함유한 특성 때문이다. 『하루를 삼키다』는 시인의 두 번째 시집이다. 이 시집의 세계는 시인의 첫 번째 시집 『네가 떠난 자리에 네가 있다』(2019)가 내장한 시적 경향이나 표현 방식 등 상당한 부분에서 연속한다. 그는 이번에도 내면의 심층과 분리하기 어려운 서정시의 자기 고백적 특성, 세계의 자아화라는 기본적 규범을 준수한다. 시집 어디를 펼쳐도 그러한 특성은 확연히 드러난다. 요컨대 이번 시집 역시 자기 표현적 속성과 자기 회귀적 욕망을 기본 바탕으로 고백과 성찰의 어법으로 발화된다. 그런 점에서 그의 시는 서정시를 규정하는 전통적인 맥락에 위치한다. 가령 다음과 같이 노래할 때 정우석 시의 내적 형질이 어떠한 결을 이루고 있는지 짐작할 수 있다.

쪽지 한 장 남기지 않고
무슨 일로 훌쩍 떠났나요

덧없고 아련한 그리움
폭포수마냥 튀어나오는데

등 뒤로 보이던 그 얼굴
허공에 각인처럼 새겨 놓고

따라가고픈 빈 가슴
안간힘으로 붙잡아 둡니다

― 「그 이름」 전문

서정시는 시적 주체의 경험이나 발견을 통해 표현되는 양식이다. 이를테면 시인이 어떤 사물을 마주하거나 상황에 직면했을 때 그것을 실체 그대로 재현하기보다는 대상을 자아화하여 표현한다. 그럼으로써 자기의 내면을 사유한다. 서정의 원리가 사물의 객관성보다는 그 사물이나 현상을 해석하고 판단하는 시인의 주관성에 크게 의존하는 것도 여기에 연유한다. 정우석의 시는 이러한 서정의 근본 원리를 충실하게 구현하는 범주에 속한다. 그의 시는 외적 대상을 객관적으로 재현하거나 묘사하는 기법을 사용하기보다는 주로 시적 주체의 내적 상념을 추상적으로 고백하는 어법의 시들이 중심을 이룬다. 그의 시가 보여주는 정념의 위상학은 따라서 전통적인 서정시의 계열에 위치한다.

사랑하는 대상과의 예기치 못한 이별이 파급하는 상실의 감정, 상처가 남긴 고통과 그리움, 그리고 그 그리움과 아픔을 참아내는 안타깝고 고통스러운 감정이 짙게 표백되고 있는 인용 시는 우리에게 매우 익숙한 것이다. 이러한 태도와 어법은 전통적인 서정시에서 우리가 자주 익숙하게 경험했던 것과 크게 다르지 않다. 요컨대 정우석의 서정 시법은 외적 현실을 객관적으로 묘사하는 방식보다는 자기 고백적 어법이라는 진술을 통해 형성된다. 그는 주로 고백적 진술의 어법을 통해 자신이 포착하는 시적 대상이나 시적 정념을 표현하는 데 주력한다. 그 서정적 정념의 내질은 다소 감상적인 어조로 채색된다.

정교하게 쌓아 올린 어둠벽

바람이 건물 헤집고 다니네
별 하나 남김없이 자리를 뜨자
빈자리에 그리움 빼곡이 박혀 있네

인적 없는 밤거리
한 걸음 한 걸음 내딛어 보지만

다가가도 소용없다는 듯
좀처럼 거리 좁아지지 않은 채
싸늘한 공기만 거미줄처럼 달라붙네

- 「어둠벽」 부분

어둠의 벽에 유폐된 자아의 고립감과 자신이 바라는 대상과 합일하지 못한 단절감이 불러오는 그리움의 상념을 노래하는 인용 시 역시 고백적 진술로 전개되고 있다. 시의 시간적 배경은 별도 뜨지 않은 칠흑 같은 밤이다. 여기에서 밤이나 어둠의 이미지는 말할 것도 없이 암담하고 우울한 정서를 파급하는 의미 계열의 언어이다. 밤과 어둠의 시간적 배경으로 인하여 전체적인 분위기는 우울하고 암담하고 처연하다. 어둠의 벽에 갇힌 고립과 소외감은 바람을 건물을 헤집고 다니는 거친 형상으로 느끼게 만든다. 외롭고 쓸쓸한 심사로 인하여 밤하늘 빈자리에는 별 대신 결핍과 부재의 대상으로서 그리움만 빼곡히 쌓인다. 이렇게 밤이 어두우면 어두울수록, 고립감이 깊으면 깊을수록, 빈자리가 크면 클수록 화자의 그리움이나 고통의 감각은 보다 강렬해진다. 왜냐하면 화자가 처한 외로움이 짙으면 짙은 만큼 그리움은 그에 비례하기 때문이다.

화자는 그 빈자리에 가득 들어찬 부재와 결핍의 대상으

로서 그리움의 대상을 찾아 공허한 밤거리를 "한 걸음 한 걸음 내딛"는다. 그러나 아무런 소용 없다. 다가가면 더 멀어질 뿐이다. 아무런 소용없이 그리움의 대상과는 좀체 거리를 좁히지 못한다. 다가섬은 무위로 그치고 그 빈자리를 "차가운 공기만 거미줄처럼 달라붙을 뿐"인 공허, "보고 또 보아도 변하지 않는 풍경" 속에서 "이제 그만 멈"추고 싶은 그리움에 화자의 내면은 요동친다. 그 내면의 요동을 화자는 고백적으로 토로한다. 자신이 바라는 결핍과 부재의 대상으로부터의 단절과 고립, 분리와 소외, 상실과 고통 때문에 "물기 흥건"한 "차디찬 바닥"에서 그리움의 기억들은 "흙더미 되어 뒹"굴며 고통스럽게 신음하는 것이다.

외롭고 처연하며 고통스러운 심리적 정황을 화자는 '~박혀 있네', '~달라붙네', '~뒹구네' 등의 자기 자신을 청자로 설정한 진술, 자기 술회적인 문장 종결 처리의 반복을 통해 더욱 점층 강화한다. 언어를 재료로 하는 시에서 소리는 의미와 분리될 수 없기 때문이다. 즉 시적 발화의 음악적 소리도 정보를 전달하는 수단, 의미 내용과 시적 정조를 전달하는 수단이기 때문이다. 이 같은 처리, 곧 '~네'의 자기를 향하는 술회적인 어미 처리는 이 시뿐만 아니라 다른 시에서도 빈번하게 사용된다. 이러한 통사구조의 반복은 형식적인 차원에서 시의 운율 창출에 기여할 뿐만 아니라 시의 조형 감각과 형태적 안정감을 준다. 다시 말해 동일한 음절 반복과 병행 구문에서 파생하는 음향효과를 통해 각

운의 리듬을 창출한다. 병행과 구문의 반복적 회귀의 힘은 낱말이나 생각 속에 이에 호응하는 회기성을 자아내며, 구조상의 병립성이 구성원리로 배열에 투영되면 의미의 등가성을 촉진한다. 음절 반복이 전경화되면서 시의 분위기와 정조, 세계와 단절된 화자의 외롭고 우울한 내면 정황을 고조 강화하는 효과를 거두고 있다.

정우석의 시집 어디를 펼쳐 읽어도 금방 알 수 있듯이, 그의 시는 이와 같이 대체로 자기 고백적이며 감성적 색채가 농후한 편이다. 말하자면 그의 작품을 지배하는 정서는 여리고 부드러우며 다소 애상적이다. 앞서 서정시는 세계의 자아화, 혹은 일인칭 화자의 자기표현, 혹은 자기 고백적 표현 양식임을 이야기했다. 이를 생각한다면 정우석 시의 이러한 특징은 그만의 독특한 특성이라 할 만한 것이 아니다. 그의 시는 전통적 서정시의 지배적 성향을 크게 벗어나지 않는다. 그의 시는 기본적으로 서정시의 자기 고백적 어법이라는 범주에서 시적 파장을 불러일으킨다. 이 말은 곧 그의 시의 내용이나 형식이 시적 주체의 내면성에 의해 규제되며, 이 점은 그의 시가 서정 양식의 근본적 원리를 충실하게 따르고 있음을 뜻한다. 이러한 이유로 그의 시는 절제된 정서와 언어의 조탁에 의한 정제된 안정감을 확보한다. 정우석 시가 내장한 이러한 특징을 고백의 어법을 통한 서정 원리의 미적 구현이라 부르고 싶다.

2. 정관적 태도와 응축의 회화적 형식미

자기 고백적 어법에 의해 진술되는 정우석의 시는 간결하고 명료한 이미지에 의해 구성된다. 그의 시는 형태상으로 짧고 정갈하며 정형성에 가까운 행갈이를 기본으로 한다. 그런 까닭에 형식적으로는 불필요한 수식이나 비유, 내용적 측면에서는 과장이나 장광설, 표현의 차원에서는 자기 고백적 경향이 강하다 했지만 감정의 과잉 노출은 거의 찾아볼 수 없다. 한마디로 정제된 형식미와 언어의 조탁에 의한 절제된 표현미를 구현한다. 정우석의 시는 자기표현의 고백적 어법을 통해 발화된다. 하지만 형식은 극도로 절제되고 시적 내용은 지극히 응축된 회화적 미를 구현한다. 이와 같은 특성으로 말미암아 부산하거나 분주하거나, 조급하거나 산만한 느낌을 전혀 주지 않는다. 그의 시는 절제된 형식미와 표현미를 통해 시적 정조를 압축적으로 표백한다. 이러한 측면은 한 행을 한 연으로 처리하는 형태적 특성을 가진 작품들이 상당하다는 점에서 금방 확인할 수 있다.

저녁 종소리 뛰쳐나와 눈밭을 뒹군다

바람은 느티나무 여린 살갗 휘어감는다

별 없는 밤 쓸어담는 빗질 소리 그치고

뻗은 길로 정적이 왈칵, 쏟아져 내린다

                    – 「병아리 발자국 찍힌 밤」 전문

  정우석의 시는 간결미, 혹은 응축된 이미지 구현의 시법을 지향한다. 인용 시는 이러한 압축된 회화 미의 시법을 추구하는 시인의 창작 방법론을 엿볼 수 있게 한다. 따라서 그의 시의 형태적 특성을 대표할 수 있는 작품 가운데 하나로 평가할 수 있다. 시인은 단 넉 줄로 눈밭에 부는 차가운 바람의 소란과 깊은 밤 정적의 고요를 감각하고 절제된 언어로 이미지화한다. 말하자면 눈밭의 하얀 색채와 겨울밤의 짙은 어둠, 눈밭의 평면적 정지와 병아리 발자국의 움직임이라는 대비, 그리고 별 없는 밤에 별을 "쓸어담는 빗질 소리"라는 역설적 표현을 통해 눈 내린 겨울밤의 정적이 품은 역동성, 동시에 그 역동성에 내재하는 정적을 그려낸다. 시인은 정적 속에서 소란, 소란 속에서 정적을 읽어내는 것이다. 시인의 놀랍고 예민한 감각, 특히 청각과 촉각은 눈 내려 쌓인 고요한 겨울밤의 바람 소리를 "저녁 종소리 뛰쳐나와 눈밭을 뒹군다", "여린 느티나무 살갗을 휘어감는다", 별도 뜨지 않은 하늘에서 별을 "쓸어담는 빗질 소리 그"친다, "왈칵, 쏟아져 내린다"는 동사로 간명하고 역동적으로 감각해 이미지화한다. 그럼으로써 눈 내린 겨울밤이 자아내는 동적인 고요, 정적인 고요를 절묘하게 그려낸다.

  시인은 마치 한 편의 평면적 그림의 정경에 정중동의 입체적 생동감을 불어넣는다. 입체적 생동감은 "눈밭을 뒹군다", "휘어감는다", "빗질 소리 그"친다, "왈칵, 쏟아져 내린다"는 격렬하고 격정적인 움직임의 느낌을 유발하는 동사를 활용한 문장 종결 처리를 통해 이루어낸다. 그럼으로써 겨울밤의 정적을 거칠게 찢어버리는 파열과 그 거친 파괴적 힘 너머 내재하는 고요의 정적을 감각적으로 표현한다. 그 감각의 극점이 "별 없는 밤"에 별을 "쓸어담는 빗질 소리"이며, 그 감각의 최종적 극점이 바로 "뻗은 길로 정적이 왈칵, 쏟아져 내린다"는 표현이다. 이 표현으로 말미암아 정중동의 변증법적 미는 완성된다. 그리하여 "정적이 왈칵, 쏟아져 내린다"는 형용모순의 반어적 표현은 놀랍도록 신선하며, 산문화된 서정의 시대에 보기 드문 희귀한 사례로 평가할 수 있을 것이다.

또한 인용 시는 절제된 압축미로 인해 호흡은 짧아도 여운은 긴 효과를 획득한다. 한 연을 한 행으로 처리하는 수법, 그리고 그 짧고 단정한 형태가 유발하는 행간의 여백이나 의미의 단절적 연속 내지는 연속적 단절은 시의 핵심적 정수만을 표현 전달하는 효과를 불러온다. 이와 같은 표현 수법은 정우석의 장기이다. 여기에 간명한 이미지의 추구와 언어표현의 정밀성과 대상에 대한 세심한 배려가 단적으로 드러나 있다. 단형의 정제된 형태적 특성은 여백의 미를 고려한 의도일 것이며, 시간적 휴지를 감안한 시행의 구성은 음송의 리듬을 창출하는 동시에 긴 여운을 동반하는 시적 효과를 불러오도록 안배한 것이다. 요컨대 그의 시는 형태적으로 간결하고 정갈하며 정돈된 느낌을 준다. 이러한 형태상의 특징은 세계와의 갈등과 대립, 분열과 투쟁하는 시적 자아라기보다는 고요하게 침잠하고 관조하며 반성하고 절제하는 시적 자아의 내면을 반영한다. 한 마디로 대상에 대해 조용히 침잠하는 정관의 사색적인 태도를 보여준다.

해 대신 자리 맡아주러 나왔는지
하늘 한편에 몰래 박힌 너

별 친구들 오지도 않는데
이른 시간에 혼자 나와 있네

약속시간 잊은 양 당황해하며
두리번거리는 네 모습

시원한 바람 나무를 휘감고 갈 때
호수는 능청스레 너를 껴안네

– 「낮달」 전문

해와 달과 별과 바람과 호수의 서정적 이미지로 연쇄 조직되는 인용 시는 마치 이미지스트의 시법을 닮았다. 별도 떠오르지 않은 낮 하늘, 밤이 오기도 전 "이른 시간에 혼자" 외롭게 숨은 듯 "하늘 한편에 몰래 박힌" 낮달, 그 낮달을 맑고 넓고 푸른 호수가 품어 들이는 한 폭의 풍경화를 그려내기 때문이다. 낮달은 천체의 운행을 벗어난 것처럼 낯설어 보인다. 그 낮달은 "약속시간을 잊"고 당황하며 방향을 잃고 두리번거리는 형상이다. 어둠의 밤이 아닌 낮의 시간에 불현듯 떠오른 달은 낯설고 괴이한 이변처럼 느껴진다. 이러한 무의식적 정서는 재앙을 뜻하는 'disaster'의 어원이 별의 사라짐이나 운행이 교란된 상태를 뜻한다는 점을 상기하면 쉽게 이해할 수 있다. 하지만 사실 이상스럽게 느껴지는 낮달은 천체의 한 리듬이며 별들이 주기적으로 원환 반복하는 운행 질서의 한 부분, 한 마디, 한 고리일 따름이다.

그리하여 어떤 조바심이나 서두름 없이 느긋하고 정관적 태도로 시적 대상인 '낮달'을 바라보는 화자의 마음은 평정하고 고요하며 온전하다. 백석의 시구를 차용해 덧붙인다면 '낮달'처럼 불현듯 떠오른 '외롭고 높고 쓸쓸한' 심사를 그 어떤 군더더기의 수식도 없이 자신이 처한 심리적 내면 상태를 가지런하게 형상화한다. '낮달'은 어쩌면 화자의 내면 상태를 지정하는 것처럼 보인다. 낮달이 떠오르는 현상은 천체 운행의 우주적인 보편 질서이다. 그것은 우주적 보편 질서의 현상이지만 그 현상은 흔치 않은 일이어서 사람들은 그것을 낯설고 이상하게 느낀다. 자신의 의지와는 상관없이 세계 내에 외롭게 던져진 피투자로서 화자는 자기 자신을 낮달처럼 "하늘 한편에 몰래 박힌" 외롭고 높고 쓸쓸한 존재로 인식하는 것이다. 천체의 보편적 운행 질서에서 어긋난 것처럼 화자는 세계의 보편 질서에서 이탈한 느낌을 받는 것이다. 그리하여 별도 뜨지 않은 "이른 시간에 혼자" 세상에 나와 방향을 잃고 당황하며 두리번거리는 낮달의 모습은 곧 화자 자신의 은유이다. 다시 말해 세계의 자아화 내지는 동일화이다.

세계 내에 외롭게 던져진 피투자로서 자기 자신에 대해 느끼는 이러한 이물감은 대상을 관조하는 시인 특유의 정관적 태도에 의해 아무런 갈등이나 분열을 일으키지 않고 서정적으로 통합된다. 말하자면 그것은 "시원한 바람이 나무를 휘감고 갈 때" 호수가 낮달을 부드럽고 '능청스럽게 껴안는다'는 포용적 태도에서 확인할 수 있다. 하늘과 바람과 나무와 호수라는 모든 사물이 서로 얽혀 우주 전체와 교통하고 결합하며 조화를 이루는 세계에서 시인은 자기 정체성의 통합을 이룩하는 것이다. 어둠이 채 내리지 않은 환한 "하늘 한편에 몰래" 숨어 떠오른 낮달의 외롭고 기이하며 이상스러운 현상은 결코 괴이한 이변이 아닌 주기적으로 반복하는 우주의 질서일 뿐이다. 이러한 의미에서 시원한 바람이 불고 "호수는 능청스레 너를 껴안는" 사태, 그것은 모든 자연 사물이 서로 교통하고 융화하는 공간이 열림으로써 가능해진다. 이에 당황해 두리번거리는 낮달 혹은 "하늘 한편에 몰래 박힌" 낮달로 지정된 시인의 이상스러운 모습은 우주적 질서의 정상성으로 복귀한다.

길가 서 있는
낡은 리어카 위

횡단보도 건너던
어린아이 머리 위

종일 거리 누비던
길고양이 등허리

슬며시 어루만지는
시원한 손

– 「여우비」 전문

정우석의 시는 간결하고 깔끔하다. 아니 너무 맑고 투명하
다. 너무도 투명하여 아무것도 보이지 않는 듯하다. 그저 환
하고 맑고 깨끗하기만 하다. 인용 시는 시인의 시가 갖는 한
특이점으로서 형태적 측면에서 간결하고 내용적 차원에서 그
투명성을 가장 잘 드러내는 작품 중 하나이다. 대상에 조용히
침잠해 들어가 관조적으로 응시하는 사색 끝에 뱉어놓는 언
어는 한없이 맑고 투명하다. 맑고 간결한 투명성에 의해 이
시에 대해 어떤 해석을 덧붙인다 한들 그 말은 한갓 군더더기
에 불과할 것이다. 앞서 잠깐 시인의 시를 이미지즘에 가까
운 시법이라 언급했는데, 인용 시 또한 그러한 특징을 전형적
으로 드러내는 사례이다. 여백의 미로 꽉 채워진 시인의 시는
시의 본질로서 언어의 경제성을 최대한 고려한 듯 되도록 말

을 적게 하고 침묵의 공간, 여백의 여운을 넓고 깊게 마련해 둔다. 그럼으로써 대상에 대한 외부 묘사는 진한 시적 뉘앙스, 짙은 여운의 향기를 풍기게 한다.

긴말 필요 없이 2행씩 4연으로 짧게 완결된, 단 여덟 줄의 행들이 펼치는 인용 시의 공간 감각은 놀라울 정도로 시적 공간을 압축하는 동시에 확장한다. 화자는 한 점에 서서 거리의 풍경을 응시한다. 화자의 시선은 "길가 서 있는 / 낡은 리어카 위"에 머물다가 횡단보도를 건너는 "어린아이의 머리 위"로 향하고 이윽고 길거리의 "고양이 등허리"로 이동하여 여우비를 은유한 "시원한 손"에 귀착한다. 시인은 '리어카 위'와 '머리 위'와 '고양이 등허리'로 옮겨가는 평면적인 풍경에 "시원한 손"으로 은유된 '여우비'가 내려 하강하는 수직적 동선을 끌어넣는가 하면, 한 곳 한 곳에 압축적으로 집중하며 이동하던 평면적 시선을 수직으로 내려 옮김으로써 시의 공간을 일순간 확장한다. 리어카 위와 머리 위와 등허리에 쏟아지는 한낮의 햇살을 "슬며시 어루만지는 / 시원한 손"에 이르기까지 마음과 눈의 동선은 한 획의 낭비도 없이 절제된 언어로 처리한다.

간결한 언어 사용과 간명한 이미지의 응축에도 불구하고 시적 진술은 또 얼마나 자연스럽고 질서로운지 감탄을 자아낸다. 바로 이러한 시적 특징으로 말미암아 시선의 이동이나 이미지의 연쇄는 부자연스럽고 경직된 획일성이 아니라 오히려 한층 역동적이고 생생하다. 아니 오히려 더 팽팽한 긴장력을 발생시킨다. 이것이 정우석 시학이 추구하는 절제의 미덕과 진면목이다. 뿐만 아니라 시어의 강약과 장단과 고저를 다스리는 정밀하고 예민한 언어 감각은 한 폭의 회화적 그림을 연상하게 하며, 음악에 가까운 리듬에 육박하고 있다. 그런 점에서 정우석의 시는 흡사 생략과 압축과 회화미를 추구한 박용래를 연상케 한다.

3. 불연속적 시간의 권태와 환멸에 대한 명상

예전과는 다르게 삶이 빠르게 전개되는 과정의 세계에서 삶의 지속이라는 충만한 시간 체험은 희박해졌다. 지속보다는 가변성, 감속보다는 가속성의 가치를 우선하는 세계는 점증하는 불연속성과 시간의 원자화, 또는 파편화로 인해 삶에서 질서 있고 의미 있는 연속성의 경험은 근원적으로 불가능하다. 그 속에서는 공허한 시간만이 반복될 뿐이다. 정우석 시의 의미론적 특성 가운데 우리가 주목해야 할 부분은 지리멸렬하고 산만한 시간에 대한 반응이다. 즉 불연속적 시간, 질서를 잃은 파편화된 시간, 가속화의 시간이 불러오는 권태와 환멸에 대한 성찰을 우리는 주목해야 한다. 왜냐하면 단절과 고립, 부재와 결핍, 상실과 고통으로 세계를 인식하는 시인의 시간 의식은 그의 시의 내질을 구성하는 지배소로 기능하기 때문이다.

무의미하게 휩쓸러 가는 시간은 분절되지 않은 시간이며

방향을 상실한 시간, 사물과의 어떠한 연관성도 없이 "텅 빈 고독 흥건히 젖는"(「단절」) 단절된 시간에 지나지 않는다. 그런 시간에서는 아래의 시에서처럼 "어제의 다음은 늘 어제가 되"는 불연속적 경험만이 존재한다. 어제의 다음은 현재를 바라봄, 내일의 내다봄이라는 새로운 가능성을 삭제한다. 돌아보는 예전도, 충만한 현재의 바라봄도, 나중에 대한 기대도 없다. 여기에서는 삶을 의미 있게 구성하는, 삶을 충만하게 해줄 어떤 이야기도, 사건도, 의미를 만들어주는 구심력도 존재하지 않는다.

한 발 또 한 발
올라간 만큼,

한 발 또 한 발
내려오고 마는 걸

깨금발로 올려다보아도
텅 빈 허공 뿐

아무 일도 없었다는 듯
지나치는 하루

어제의 다음은 늘 어제가 되고
한 발 또 한 발

– 「거울 속에서 2」 부분

정우석의 시집은 특히 저녁이나 오후, 또는 밤의 어둠에 반응하는 시가 부지기수를 차지한다. 그의 시는 오후의 상상력이라 할 만큼 저녁의 이미지를 자주 동반한다. 가령 오후의 상념을 드러내는 「카페, 3시 반」, 「오후 네 시」, 「노을 1」, 「노을 2」와 존재의 저녁 풍경을 그리는 「그늘」, 「어둠벽」, 「바다 – 시 쓰기」 등과 같은 작품들이 그 예이다. 이들 작품은 시간의 텅 빈 형식과 의미 없는 소멸의 공허함이 지배적 정조를 이룬다. 그리하여 오후와 밤의 시간은 세속적 삶의 남루와 비애, 결핍과 부재의 연속을 확인하는 시간이다. 존재의 쓸쓸함과 외로움, 단절과 고립, 우울과 결핍이 아물지 않고 다시 드러나는 시간이 오후이며 저녁이며 노을의 이미지로 쓰인다.

존재의 저녁 풍경이라 이름할 수 있는 오후와 어둠의 시간은 그의 시에서 낮의 지리멸렬한 풍경에 대한 환멸과 권태의 확인을 내포한다. 시인은 부재하는 결핍의 대상을 향해 강박적으로 "한 발 또 한 발" 올라가려 애쓴다. 하지만 자기가 바라는 대상은 어디에도 없고 "텅 빈 허공"만을 만날 뿐이다. 이렇게 과도한 애씀, 과잉 활동은 결국 "텅 빈 허공뿐"인 부재와 권태와 환멸을 동반한다. 여기에 과거를 돌아보고 현재를 바라보며 미래를 내다보는 시간의 연속성은 소멸되어 있다. 부재하는 대상을 향해 "올라가면 / 아마도 보이겠지" 기대하고 "한 발 또 한 발 / 올라"가지만 화자가 찾는 대상은 어디에도 없다. 아니 올라가는 만큼 "한 발 또 한 발" 다시 그만큼의 거리로 대상으로부터 멀리 내려오고 만다. 여기에서 화자가 확인하는 것은 "텅 빈 허공"의 부재와 결핍이다. 그 허공 속에서 하루의 시간은 "아무 일도 없"이 지나가고, "어제의 다음은 늘 어제가 되"는 무료하고 무의미하며 권태롭고 공허한 시간의 반복을 경험할 뿐이다. 그리하여 정우석에게 삶의 시간이란 부재이며 결핍이다.

정우석의 시간 체험은 어떤 의미를 상실한 채 무료하게 흩어져나가는 무상의 시간, 무엇 하나 의미 있게 완결할 수 있는 가능성이 막힌 시간, "미쳐가는 시간들" 속에서 "나는 오늘 또 캄캄한 하루를 삼키"(「하루를 삼키다」)는 삶의 어떤 가능성도 전망도 잃어버린 시간이다. 그 시간은 존재의 새로운 가능성이 막혀버린 "어제의 다음은 늘 어제가 되"(「거울 속에서 2」)는 시간, "아무 일 없다는 듯 어둠을 여"(「노을 1」)는 황폐한 시간이다. 그리하여 밤과 어둠이 불러오는 고요와 안식과 완결에 이르지 못한 불모의 시간이다. 그의 오후나 저녁이나 밤은 고통과 비애, 권태와 절망, 허무와 환멸이 들끓는 시간이다.

연분홍 진달래가
아래로 점, 점
소리 없이 가라앉고 있어

기다리고 또 기다리던
뻐꾸기 울음이

바람에 똑, 똑 부러지고 있어

오늘의 나무가
어제의 나무보다 시무룩한 건
어째서일까

뼈마디 앙상한 손바닥 위에
진득한 시간이 달라붙어 있어

–「계절」전문

시인은 간략한 언어, 압축된 이미지, 말하자면 "연분홍 진
달래가 / 아래로 점, 점"가라앉는다거나 "뻐꾸기 울음이 /
바람에 똑, 똑 부러"진다는 자연 현상의 재현적 묘사, '점,
점'이나 '똑, 똑'과 같은 의성 의태어의 사용을 통한 시간의
흐름, 그리고 리듬의 안배를 고려하며 시적 의미를 축약해내
는 수법을 사용하고 있다. 이런 점에서 역시 회화미를 추구
하는 정우석 시의 일면을 다시 확인해준다. 그런데 이 시에
서 주목하는 계절의 순환반복은 '아래로 점, 점 가라앉고,
바람에 똑, 똑 부러지고 있'다는 역동적 운율미과 생동적 표
현에도 불구하고 변화와 생성이라는 이미지를 갖지 못한다.
계절의 변화에서 느끼는 시간 감각은 그저 "뼈마디 앙상한
손바닥 위에" 진득하게 달라붙어 있을 뿐이라는 전술을 통해
뚜렷하고 결정적인 결절점이 생겨나지 못하는 상태를 그려
내기 때문이다. 특히 부러지고 가라앉고 시무룩하고 앙상하

게 달라붙어 있다는 표현으로 말미암아 시간 체험은 지극히 무료하고 무미하며, 권태롭고 건조하다.

　이러한 시간 체험은 "커피 한 잔에 / 한낮을" 지운다거나, "수프처럼 휘저어지는 시간"이라거나, 시간은 "알아듣지 못할 언어"가 되어 "온 땅에 퍼져나"(「카페, 3시 반」)간다는 진술로 이어지면 나른하고 권태로운 감각은 한층 더 강화된다. 시간은 "버려지면 그뿐인" "오후 네 시"의 "버려진 소파"에 불과하며 그 가운데 자신만 "멀뚱히 서"(「오후 네 시」)서 남아있는 것처럼 시간은 시인에게 어떤 중심이나 질서나 종합을 담보해주지 않는다. 수프처럼 산만하게 휘저어지는 시간이나 홀로 남겨진 채 멀뚱히 서 있는 황량하고 쓸쓸한 형국은 극단적으로 고립되어 있고 파편화되고 원자화된 자아의 실존적 조건을 연상케 한다. 근본적으로 시간은 우리의 삶에 질서를 부여해주고 삶의 지속성과 연속성을 보장해준다. 그러나 정우석의 시간은 질서나 중심, 혹은 지속적 의미나 가치 부여의 기능을 상실한 채 권태롭고 무미건조하다.

　권태가 찾아오는 것은 사건이 일어나지 않아서가 아니다. 그보다는 많은 사건이 빠르게 일어나고 의미 없이 종결되어 다른 사건으로 다시 재빠르게 이동하는 가속화의 시대가 불러온 것이다. 삶의 지속성과 충만한 경험이 사라진 이 시대의 근면성과 생산성이 권태를 양산한다. 가속의 시대에 우리는 바쁘고 빠르고 부산하고 부지런하게 이일 저일에 몰두한다. 하지만 사실은 어느 것 하나 완결하거나 돌아보지 못한 상태로 다른 일로 재빨리 이동하는 행위를 반복할 뿐이다. 그 속에서 인간은 어떤 지속성이나 영원성을 경험할 수 없다. 시인은 지속성으로 충만한 시간을 상실한 것이다. 시인은 "오늘의 나무가 / 어제의 나무보다 시무룩한 건 / 어째서일까" 묻는데 그 대답은 이미 정해진 것이나 마찬가지이다. 시간의 조화로운 질서에서 '점, 점 가라앉고 똑, 똑 부러지고 있'다는 단절감이나 상실감으로 인해 "뼈마디 앙상한 손바닥 위에" 시간은 그저 의미 없이 진득하게 달라붙어 있는 것에 지나지 않기 때문이다.

　오늘날 우리는 우리 자신에게 어떤 역할이나 의미나 가치를 부여하려 부단히 노력한다. 하지만 이렇게 과도하게 애쓰는 태도에서 우리는 자신의 정체성을 잃어버리고 만다. 이리저리 바쁘고 분주하게 움직이지만 삶은 일정한 방향을 잃고 산만해질 뿐이다. 그리고 그 부지런한 근면성과 유용성과 생산성은 우리를 권태로 잡아끈다. 그리하여 시간은 손아귀의 물처럼 움켜쥐려 애쓰면 애쓸수록 "뼈마디 앙상한 손바닥" 사이로 의미 없이, 흔적도 없이 빠져나가 버린다. 이렇게 과거를 돌아보고 현재를 바라보며 미래를 바라보는 시간적 지속의 부재로 인하여 "오늘의 나무"는 "어제의 나무보다 시무룩"하게 생동감을 잃은 상태, 살아 있음은 그저 재빠르게 낡아가는 과정으로 느끼는 것이다. 그리하여 정우석 시에서 시간에 대해 느끼는 깊은 권태와 환멸은 의미의 공허, "허기진 시간"을 "진득하게 핥"(「사이」)거나 "제 자리는 기어코 / 제자리가 되고 마"(「계단」)는 상태로서 어떤 의미 있는 생성이나 변화가 차단된 무료한 감각으로 경험된다.

그리하여 오후와 저녁에 펼치는 저녁의 명상은 우울하며 다소 비극적이다. 저녁의 시간은 낮의 분주한 근면성과 합리성, 생산성과 효용성을 물리치고 한낮의 부산함을 잠재우는 평화의 시간이다. 낮의 노동으로부터 해방되어 존재에 대한 성찰이 이루어지는 시간이다. 정우석이 오후에 펼치는 저녁의 명상은 그리하여 존재에 대한 성찰을 동반하는 것이다. 그러나 그 성찰은 쓸쓸하고, 안타깝고, 우울한 무늬를 하고 있다. 도저한 단절과 고립감, 상실과 고통의 감각으로 얼룩진 내면의 흔적들은 또 다른 맥락에서 낮의 근면성, 확실성, 생산성, 유용성, 목적성에 대한 저항이며 위반이기도 하다.

4. 실존의 위기와 가속의 문법에 대한 저항

하이데거는 거주를 사물들 곁에서의 정주라 정의한다. 말하자면 거주는 사물들 곁에서 함께 머무르기인 셈이다. 우리는 장소에 머무르기를 통해 주체의 정체성을 구성하는 요소로서 오래 보존할 수 있는 것에 대한 경험이 가능하고, 삶의 지속적 연속성을 경험하며, 실존적 정체성을 유지할 수 있다. 머무르지 못하는 조급함과 산만함은 우리의 문화가 정적인 것, 느린 것, 긴 것, 연속적인 것을 수용하거나 참아내지 못하고 활동적인 것, 빠른 것, 짧은 것, 일회석인 것, 직접적인 것에 대한 맹목적 추종 때문이다. 하이데거의 말을 다시 인용한다면 고유한 실존은 느리다. 그럴 때 경험은 축적되고 주체의 정체성이 구성되는 것이다.

집 나서다 눈에 들어온 못 보던 간판 하나 타지에 온 듯 낯설어진다

이름 잊은 허름한 중국집 뽑기 기계 놓인 문방구 하루가 멀다 하고 드나들던 책방

수많은 기억 풀어내던 장소들은 휴대폰 가게, 안경점, 컴퓨터 수리점 다른 이름으로 변했다

사소한 인사말 오가곤 하던 그 흔하디흔한 목소리 영영 사라져 버렸다

어느 날부터 불 꺼져 침묵 지키는 집 앞 슈퍼 또 어떤 간판 달고 모르는 장소가 되었다

ㅡ 「문득」 전문

인용 시는 활동, 빠름, 짧음, 불연속성의 가속화가 초래하는 삶의 불안과 질서를 잃은 삶의 산만함과 머무름을 모르는 세태에서 실존의 정처 없음을 이야기한다. 이 시를 관통하는 지배적 정서는 삶의 지속적 활동이 누적되어 형성

되는 주체의 고유성과 정체성, 특수성과 구체성이 드러나는 장소성은 "영영 사라져 버"리고 만 상실의 감정이다. 아니 가속화의 문법에 대한 저항이며 전복의 사유이다. 폭력적 가속화의 시대에 삶은 안정을 잃고 어떤 질서도 없이 마구 변해버린다. 우리는 그저 현재 일어나는 사건과 변화 속으로 어떤 지속성이나 연속성도 없이 중심을 상실한 채 산만하고 조급하게 이동하며 응집력을 잃고 이리저리 흩어지는 시간을 살아갈 뿐이다. 이러한 부산함과 산만함, 조급함과 성급함, 가속화된 직선적 시간의 빠름은 장소가 실존에 부여하는 자기 정체성마저 앗아가 버린다. 삶의 의미 있는 연관성은 단절되고 관계적 상호성은 "영영 사라져 버"리고 만다. 어떤 곳도 빠르게 변해 낯선 장소, "모르는 장소"가 되는 것이다. 이 시에서 모든 사물은 공간적 연관성과 내적 질서 속에서 오래 보존되고, 중심을 잡아주고, 안정감을 부여하는 장소성은 삭제되어 있다. 그 속에서 시인은 세계 내 존재성, 사물들과의 내적 연관성을 잃어버린 자신의 실존은 물론이거니와 그러한 현실을 비감하고 덤덤하게 응시한다.

인용 시는 삶에 안정감을 주고 연속성을 부여하는 어떤 내적 질서나 연관성, 항상성이나 지속성을 상실한 실존의 위기, 실존적 정체성을 구성하는 장소의 상실을 주목한다. 시간은 어떤 의미 있는 목표를 향해 고리와 고리, 매듭과 매듭으로 지속해 나아갈 때 유의미하다. 이런 맥락에서 인용 시는 의미 있는 생성이나 변화가 차단된 세계, 그저 빠르게 변화해 빠르게 낡아버리는 시간을 숙고한다. 가속화를 추앙하는 문화적 세태는 시간을 어떤 의미 연관도 없이 그저 "다른 이름"으로 빠르고 낯설게 변화시킬 뿐이다. 과거나 현재 미래는 그저 단호하게 "뒤편으로 사라진 이름"(「스포츠 센터」)일 뿐이다. 그리하여 시인은 무의미한 미래를 향해 정처 없이, 어떤 머무름이나 주저함, 그리움이나 기다림, 수줍음이나 부끄러움 없이 부산하고 성급하게 휩쓸려 흘러가는 시간을 아프게 감각한다. 그러한 시간 속에서 발생하는 변화나 활동은 어떤 의미나 가치도 갖지 못한 맹목적 변화일 뿐이며 무의미하게 금세 낡아버려 "다른 이름", 뒤편으로 재빨리 사라질 활동일 뿐이다. 요컨대 그 변화는 어떤 실존적 연속성이나 정체성을 갖지 못하고 "타지에서 온 듯 낯설"고 아무런 지속적 의미나 가치도 없이 금세 "다른 이름으로 변"하는 무의미한 변화일 뿐이다.

시인은 "집을 나서다" 문득 "타지에서 온 듯 낯"선 간판 하나를 보며 회감에 젖는다. 유년 의 기억에 자리한 동네 풍경들, '중국집', '문방구', '책방'은 어느 사이 사라지고 '휴대폰 가게', '안경점', '컴퓨터 수리점' 등으로 빠르게 바뀌었다는 사실을 목격한다. 그리고 시인은 새로이 생긴 점포들 또한 어느 순간 "어떤 간판을 달고 모르는 장소"로 변해버릴 것이라 미래에 대해 아무런 기대나 바람도 없이 운명을 비감하게 예감한다. 장소는 시인을 포함한 모든 사람들의 삶의 경험적이며 원형적인 의미 가치를 형성하고 자기 정체성을 확인하는 매개 공간이다. 그러므로 시인의 삶의 경험적이며 원형적인 가치가 부여된 장소성 내지는 장소 정체성으로서의 의미를 지닌다. 왜냐하면 우리가 자기 정체성이라 할 때 유년의 기억에 남아있는 거주하는 장소들은 다른 것과 구분되는 개성인 동시에 시인이 다른 사람이나 사물들과의 관계를 통해서 기억을 형성하는 공간이기 때문이다. 인간의 실존이 거주한다는 것이라면 그곳은 세계와 관계를 맺는 기초이다. 시인은 오래 머무르지 못하고 쉽고 빠르게 변화하는 시간에서 정체성의 상실을 경험하는 것이다.

근대의 시간은 목적 지향적이다. 과정이 주는 경험은 생산성과 효용성, 근면성과 유용성이라는 가치에 의해 제거된다. 유유자적한 태도로 걷는 것, 정처 없이 게으르게 떠도는 느림과 한곳에 머무름은 현대적 삶과 어울리지 않는다. 근대의 시간은 정신의 고양을 위한 느릿한 순례와 사색을 허용하지 않는다. 우리는 이 사건에서 저 사건으로, 이 정보에서 저 정보로, 이 이미지에서 저 이미지로 그저 황급히 이동할 뿐이다. 여기에서 어떤 친근함이나 자유로움이나 정체감은 보장되지 않는다. 감각을 자극하고 흥분시키는 무수한 사건이 도처에 즐비한 까닭에 한 자리에 오래 머물지 못한다. 모든 것은 빠르게 낡아간다. 새로운 것에 대한 강박이 낡음을 낳는다. 이런 강박은 주체에게 아무런 정체성도 지속성도 주지 않는다. 여기에서는 존재의 그 어떤 지속적 가능성도 보장되지 않는다.

내 편 네 편 구분 없이
우리는, 사라진 골대를 향해
힘껏 공을 찬다

별들 모조리 집어삼킨 어둠
마른 다리를 한 없이 절뚝거리지만
그들의 뜀박질은 그치지 않는다
끝날 줄 모르는 세상 속으로

– 「끝날 줄 모르는」 전문

 가속도가 붙은 오늘날의 시간이나 문화는 삶의 시간을 어떤 의미 있는 마디나 간격, 사이나 문턱을 두고 매듭지을 수 있는 가능성을 앗아간다. 어떤 일이나 사건도 "끝날 줄 모르"는 미완의 상태에서 "골대는 어디로 갔는지" 방향을 상실한 채 활동을 이어 나간다. 가속도, 생산성, 유용성, 근면성, 합리성, 목적성 속에서 세계에 존재하는 사물이나 시간의 지속성이나 관계의 연속성은 삭제된다. 그리하여 경험되는 삶의 사건과 이야기들은 의미를 부여하는 준거틀 밖으로 내던져져 조각난 파편들로 고립 분열된다. 삶의 시간이나 그것이 유발하는 의미의 서사적 연속성과 역사성은 단절 고립되고 해체되어 의미가 사라진 텅 빈 공허 속에서 '골대'로 상징되는 목표를 잃고 어디로 뛰는지도 모른 채 어지럽고 분주하고 산만하게 뛸 뿐이다. 이때 우리는 일하는 기계, 노동하는 동물로 전락한다. 말하자면 "관중도 없고, 종료 휘슬도 울리지 않"는 경기, 의미를 상실한 시간, "별들 모조리 집어 삼킨 어둠" 속에서 "끝 날 줄 모르는 세상 속으로" 우리는 "왜 뛰고 있는"지도 모른 채 그저 "사라진 골대를 향해" "힘껏 공"을 찰 뿐이다. "마른 다리를 한 없이 절뚝거리"며 "뜀박질"을 멈추지 않는 것이다. 이 시는 이처럼 자기의 본질적인 정체성을 잃어버린 활동이나 애씀의 맹목성을 알레고리를 통해 풍자한다.

가속화의 시간, 재빠르게 변화해 수시로 모습을 바꾸는 현실에서 삶은 의미 있는 서사로서의 역사적 연속성은 증발되어 버린다. 한곳의 장소, 지금의 자리에서 오래 머물지 않고 이곳에서 저곳으로 황급히 이동하는 사건은 가속이 불러온 결과이다. 마치 우리는 채널을 돌리듯 두서없이 바쁘게 옮겨 다니며 변화를 탐닉할 뿐이다. 한곳에 오래 머물며 자아와 세계의 관계를 연속적으로 느끼도록 중심을 잡아 붙들어주는 중력은 힘을 잃고, 질서는 방향을 상실한 채 진공 상태에서 부유한다. 그런 까닭에 여기서 저기로, 이곳에서 저곳으로, 이 일에서 저 일로, 이것에서 저것으로 쉼 없이 옮겨가는 발걸음은 "디디는 만큼"의 거리로 "멀어지고", "오르고 또 오르지만" 바라는 대상은 "어디"에도 없는 부재와 상실의 무의미한 체험일 뿐이다.

정우석의 시가 강렬하게 부조한 부재와 결핍의 시간에

는 "까마득한 정적만 몰려올 뿐" 과거 시간을 지속하는 연속성으로서의 진정한 "오늘은 오지 않"고 미래는 그저 오늘의 반복이 되어버린다. 마치 '계단'을 오르락내리락 하는 행위처럼 "제 자리는 기어코 / 제 자리가 되고 마"(「계단」)는 삶의 부조리한 형식이 반복될 뿐이다. 어떤 종결도 완성도 매듭도 마디도 없이 무의미한 지금의 반복, 분주한 활동이 지배하는 현실에서 정우석의 시는 실존적 권태와 세계의 지루함, 그 속에서 자아 상실과 세계 상실의 경험을 비감하게 풍자한다. 이 풍자는 일종의 근대적 시간의 이데올로기가 강제하는 문법과 질서, 체제와 규율에 균열을 내는 시적 작업이라는 의미를 함축한다.

김홍진 | 문학평론가

시와정신시인선 45

하루를 삼키다

ⓒ정우석, 2023

초판 1쇄 | 2023년 7월 20일

지 은 이 | 정우석
펴 낸 곳 | **시와정신사**
주   소 | (34445) 대전광역시 대덕구 대전로1019번길 28-7
　　　　　　　신창회관 2층
전   화 | (042) 320-7845
전   송 | 0507-075-2874
홈페이지 | www.siwajeongsin.com
전자우편 | siwajeongsin@hanmail.net

공 급 처 | (주)북센 (031) 955-6777

ISBN 979-11-89282-48-6   03810

값 10,000원

· 이 책의 판권은 정우석과 **시와정신**에 있습니다.
· 지은이와 협약에 의하여 인지를 생략합니다.
· 잘못된 책은 바꿔드립니다.
· 이 책은 대전광역시, (재)대전문화재단에서 사업비 일부를
  지원받았습니다.